भा[illegible] मा
की गोद में

कविता

सुभाष चन्द्र गांगुली

अंजुमन प्रकाशन

Title : Bharat Maa Ki Goud Mein
Author : Subash Chandra Ganguly

Published By-
Anjuman Prakashan
942, Mutthiganj, Prayagraj, 211003
www.anjumanpublication.com
anjumanprakashan@gmail.com

Hardcover, First published by Anjuman Prakashan in 2022
ISBN : 978-93-91531-70-6
Copyright © 2022 Subash Chandra Ganguly
Printing rights reserved : Anjuman Prakashan 2022
Cover & Typeset by Anjuman Prakashan

The author asserts the moral right to be identified as the author of this work

This book is a work of Poetry. Names, characters, places, and incidents are the product of the author's imagination. Any resemblance to actual persons, living or dead, events, or locales is entirely coincidental.

All rights reserved. No part of this book may be reproduced or transmitted in any form or by any means, electronic or mechanical, and including photocopying, recording, or by any information storage and retrieval system, without the written permission of the Publisher, except where permitted by law.

समर्पण

बेटी प्रिया को

अपनी बात

मैं ख़ुशनसीब हूँ कि मेरे कलम से कविताएँ और कहानियाँ स्वत: स्फूर्त निकल आयीं। साहित्य के उक्त दोनों विधाओं में विद्यार्थी जीवन से ही अधिक रुचि रही। मूल रूप से हिन्दी में लिखी हुई पचास से अधिक कहानियाँ तीन संग्रहों में तथा बांग्ला में लिखी अट्ठारह कहानियों का एक संग्रह आ चुका है जबकि कविताएँ विभिन्न पत्र-पत्रिकाओं में प्रकाशित होकर, आकाशवाणी से प्रसारित होकर एवं विभिन्न मंचों एवं गोष्ठियों में तालियाँ बटोरकर एक कोने पड़ी रहीं।

शुरू-शुरू में अंग्रेज़ी में लिखा, फिर बांग्ला में कुछ कविताएँ लिखी मगर इलाहाबाद (अब प्रयागराज) जन्म कर्म स्थल होने के कारण और हिन्दी जीवी होने के कारण मैंने मूल रूप से हिन्दी में ही लिखने लगा था।

प्रस्तुत संकलन में जो कविताएँ हैं वे अधिकतर 1993 से 2006 के दौरान लिखी गई थी। कुछ रचनाओं को बाद में रिवाइज भी किया। शुरू-शुरू में मैं नाम के आगे 'निर्भीक' लिखा करता था, बाद में खुद ही ड्राप कर दिया। सन् 1993 में "प्रयाग के जीवन्त कवि" के रूप में प्रयाग साहित्य सम्मेलन ने स्थान व सम्मान दिया था। उस अवसर पर जो स्मारिका निकली थी उसमें जीवन वृत्तांत के साथ कविता 'खिलौने' भी प्रकाश में लाया गया था। सुपरिचित कवियत्री डाक्टर सुमित्रा वरुण द्वारा सम्पादित सात कवियों की रचनाओं का संकलन 'दिशाविद्' की प्रथम प्रति भारत के महामहिम राष्ट्रपति डॉ. शंकर दयाल शर्मा को 29.06.1995 को भेंट की गई थी। उस अवसर पर राष्ट्रपति महोदय ने मुझे हिन्दी की सेवा करते रहने का आग्रह किया था। उस अविस्मरणीय अवसर के बाद मैं लगातार कविताएँ लिखता रहा, डायरियाँ भरती रही, कविताएँ लघु पत्रिकाओं में प्रकाशित होती रही।

अपने महालेखाकार, उ.प्र. कार्यालय की पत्रिका 'तरंग' तथा सीएजी कार्यालय पत्रिका 'लेखापरीक्षा प्रकाश' दोनों ही काफ़ी स्तरीय हैं और मुझे प्रसन्नता है कि दोनों पत्रिकाओं ने मुझे निखरने का सुनहरा मौक़ा दिया। मेरी कहानियाँ, कविताएँ, आलेख, अनुवाद लगातार उनके जरिए आलोक में आती रहीं। किन्तु एक काव्य संग्रह के रूप में यह पहला अवसर है, वह भी मेरी पत्नी बिनीता गांगुली के विशेष आग्रह पर क्योंकि उन्हें मेरी रचनाएँ बहुत पसंद हैं।

यहाँ यह बताना अनुचित न होगा कि मैं किसी प्रकार की वैचारिक प्रतिबद्धता से युक्त नहीं हूँ। मुझे जो उचित लगता, जो अच्छा लगता वही लिखता हूँ अलबत्ता मेरी कोशिश रहती है कि मेरी रचनाएँ जनमानस को स्पर्श करें, चाहे वो कहानी हो या कविता।

मेरे समस्त लेखन को ब्लाग, फेसबुक पेज के जरिए मेरी छोटी बेटी हैंडिल करती है जबकि वह अपने परिवार तथा अन्य सामाजिक कार्यों में काफ़ी व्यस्त रहती है। जहाँ एक कविता का संबंध है, वह मेरे लिए पाठक और समालोचक दोनों ही है। साहित्य के प्रति उसका लगाव काबिले-तारीफ़ है। मैं अपनी बेटी प्रिया तथा उसकी माँ बिनीता को इस पुस्तक के लिए धन्यवाद देता हूँ।

सुभाषचंद्र गांगुली
एस -6 पंच पुष्प अपार्टमेंट,
417-अशोकनगर, प्रयागराज -211001
फोन : 9415324238

अनुक्रम

1.	खिलौने	9
2.	शिल्पी	10
3.	आज मेरी बेटी बड़ी हो गयी है	12
4.	अभी भी कुछ बिगड़ा नहीं	14
5.	बेटे की तमन्ना	15
6.	पानी में महल	18
7.	पूँजी निवेश	19
8.	द्वन्द्व	20
9.	डर	21
10.	आग	22
11.	पानी	23
12.	लौट गये	24
13.	एक अरब एक	26
14.	आज की नारी	28
15.	संतुष्टि	30
16.	कर्मकार	31
17.	जोड़ो	32
18.	मुद्दे	34
19.	प्रश्न पत्र	35
20.	कलाकार की कृती	36
21.	बाज़ार	38
22.	मेरा घोड़ा	40
23.	गंदगी	45
24.	मलथस् का क्रोध	46
25.	मेरा क़सूर क्या है?	48
26.	भारत माता रोती है	50
27.	जल विवाद	53
28.	महासागर से महाशून्य तक	57

29.	पिंजरे में देवता	60
30.	अतृप्त का सुख	65
31.	जीवन	66
32.	कल का आदमी	67
33.	उल्टा-पुल्टा	68
34.	आईना	70
35.	बाग़	71
36.	हिंद में	72
37.	क्या होगा?	73
38.	मौत आती मेरे पीछे	74
39.	हाल अपना ठीक है	76
40.	अतीत	79
41.	सम्बोधन	80
42.	द्वेष	82
43.	भाषा	83
44.	बुढ़ापा	84
45.	कालसी	86
46.	खड़ी फ़स्ल	87
47.	सारोवीवा	88
48.	गुणा और भाग	90
49.	मत छीनो बचपन हमसे	91
50.	काम	92
51.	जहाँ गली गली में नेता	94
52.	कविताएँ ख़त्म नहीं होतीं	95
53.	ऊफान	96
54.	नानी	97
55.	वहीं का वहीं	98
56.	ऐ लड़की सुन!	100
57.	भारत माँ की गोद में	103
58.	भुक्खे तूई काँदिसना	105

खिलौने

खिलौने
जो बचपन में मुझे मिले थे
मेरे जन्म-दिन पे,
और वे महँगे-महँगे खिलौने
जो पापा मम्मी ने ख़रीदे थे
मेरे नाम से
मुझसे छीन लिये गये थे।
उन्हें क़ैद कर लिया गया था
बंद शीशे की अलमारी में।

शायद इसलिए
कि वे क़ीमती थे
सोफ़ा और क़ालीन से
शायद इसलिए
कि वे स्टैटस थे
पिता और माता के।

क्या पता
शायद वे अधिक क़ीमती थे
मेरे अल्हड़पन से,
शायद वे
अधिक ख़ूबसूरत थे
मेरे चेहरे से।

सुभाष चन्द्र गांगुली

शिल्पी

चाक चलाते-चलाते
उसकी नाज़ुक कलाइयाँ
कब मज़बूत हुई
कब उन पर
सफ़ेद बाल उग आए
उसे मालूम नहीं।

उसे मालूम नहीं
उसकी चाक से
कितनी विदेशी मुद्राएँ
देश में आयीं,
उसे मालूम नहीं
उसके शिल्प को
कितने व्यापारी
माटी के मोल खरीदकर
हीरे के मोल बेच दिए।

उसे मालूम नहीं
उसकी रीढ़ की हड्डी
उभरी हुई है,
और पीठ के नीचे
घुट्ने तक का कपड़ा
जो गुप्ताँग को
छिपाने के लिए है
वह फटा हुआ है।

उसे मालूम नहीं
कि राष्ट्रपति से
जो मेडल मिला था उसे
उसके शिल्प के लिए
उसकी पत्नी बेच चुकी है उसे
बेटे के इलाज और अंत्येष्टि के लिए।

वह तो है शिल्पी !
शिल्पकला में तन्मय
नहीं मालूम, नहीं मालूम उसे
होता है क्या आय-व्यय।

सुभाष चन्द्र गांगुली

आज मेरी बेटी बड़ी हो गयी है

आज मेरी बेटी बड़ी हो गयी है
आज वो ज़िन्दगी से रू-ब-रू हो गयी है
आज ही उसने सोलहवीं वर्षगाँठ मनायी है

आज ही उसकी आँख खुली है
आज ही उसे वेदना का एहसास हुआ है
आज ही वह ज़िन्दगी से वाकिफ़ हुई है
आज... मेरी बेटी बड़ी हो गयी है...

मम्मी ने आज सोलह बत्तियाँ जलने न दी
पापा ने आज दफ़्तर से छुट्टी न ली
मम्मी ने आज गीत नहीं गाया
पापा ने आज डाँस नहीं किया
सहेलियों ने आज शोर नहीं मचाया
किसी ने आज गुब्बारा नहीं उड़ाया
आज वह सोलह साल की हो गयी है
आज... मेरी बेटी बड़ी हो गयी है...

दादी ने आज पास नहीं सुलाया
नानी का आज फ़ोन नहीं आया
भाभी का कार्ड भी नहीं आया
सीमा ने विश न की थी
रीमा तो भूल ही गयी थी
आज... मेरी बेटी बड़ी हो गयी है...

रात को उसने सबकी ख़बर ली
देर रात तक थी गुमसुम अकेली
मैं बोला, सो जाओ बेटी, मत रोओ
अब तुम बड़ी हो गयी हो,

जीवन पथ पर अकेली चल पड़ी हो
डगर कठिन है पनघट की
आज मेरी बेटी बड़ी हो गयी है
आज वो ज़िन्दगी से रू-ब-रू हो गयी है

सुभाष चन्द्र गांगुली

अभी भी कुछ बिगड़ा नहीं

अभी भी कुछ बिगड़ा नहीं
पैरों तले ज़मीन खिसकी नहीं
चांद सूरज पर क़ब्ज़ा हुआ नहीं अभी भी
दिन में तारे निकलते नहीं अभी भी
उल्लू दिन में दिखते नहीं अभी भी
अभी भी कुछ बिगड़ा नहीं।
चन्दन और ख़ैर के सारे पेड़ उखडे नहीं
पेड़ों का रिश्ता माटी से मिटा नहीं
चोरों को कुत्ते भौंकते हैं अभी भी
अभी भी कुछ बिगड़ा नहीं
पैरों तले ज़मीन खिसकी नहीं।

बेटे की तमन्ना

उसे मालूम नहीं
कि उसकी तस्वीर मेरी डायरी में है,
बीस बरस से है।
उसका बचपन उसकी यादें
क़ैद है मेरी आत्मा में।
कहने को तो वह मेरा बेटा नहीं है,
मेरी आत्मा किन्तु उसे बेटा मानती है।
मेरा अपना कोई बेटा नहीं है
मेरी दो दो बेटियाँ हैं,
उन्हें ढेर सारा प्यार देता हूँ मैं,
उनकी शादी के लिए पाई पाई जोड़ता हूँ
विदाई के लिए खुद को तैयार करता हूँ,
हर एक दिन खुद को तैयार करता हूँ,
मगर व्यर्थ हो जाता है मेरा सारा प्रयास।
प्रायः एक तूफ़ान उठता है मेरे मन में
बेटियों को तो मेरे मकान से चले जाना है
चले ही जायेंगे वे,
बेटे और बेटी का यह अंतर
मेरे हृदय को झकझोर देता है
अभेद्य वेदना छिन्न-भिन्न कर देती है मुझे।
मेरी आत्मा मेरे तन से निकल कर,
डायरी की तस्वीर पर अटक जाती है।
वह लड़का जिसे मैं बेटा मानता हूँ

सुभाष चन्द्र गांगुली

मुझे बहुत चाहता है,
मुझे यक़ीन है कि वही बनेगा
मेरे बुढ़ापे का सहारा।
प्रायः मैं एक सपना देखता हूँ,
मेरा बेटा मेरे सिरहाने बैठा हुआ है
मेरे सूखे होंठों पर जल डाल रहा है,
मेरी चिता पर मुखाग्नि दे रहा है
उसकी आँखों से लगातार आँसू बह रहे हैं।
मेरी डायरी में ज़ब्त उस बेटे को
जो अब जवान हो चुका है,
मैं जानने नहीं देता
मेरे मन में क्या है,
उसे जानने नहीं देता
कि उसे कितना प्यार मैं करता।
उसे मालूम नहीं है
उसके लिए क्या कुछ रख छोड़ूँगा,
उस डायरी में सबकुछ दर्ज है।
उसे मैं कुछ नहीं जानने देता,
भय है मुझे उसे खो देने का।
आख़िर यही क्रूर सच्चाई उगलने के कारण
तमाम पिताओं ने खो दिया हैं न बेटों को?
आख़िर बेटे भी पराये हो जाते हैं ना?
बेटे की अतृप्त तमन्ना
आख़िरी साँस तक बनी रहेगी।
मैं बेटे को मरते दम खोना नहीं चाहता,
कोई भी पिता अपने बेटे से

भारत माँ की गोद में

अलग नहीं होना चाहता,
"बेटा बेटा बेटा, मेरा बेटा!"
मैं चीख़ रहा था।

(2)

नींद टूटी तो देखा
मेरी आँखों के सामने दोनों बेटियाँ खड़ी थीं
दूर-दूर से अपने-अपने ससुराल से आयी थीं।
बेहोशी हाल में मुझे दो दिन पहले ही
अस्पताल में भर्ती किया गया था।
एहसास हुआ मुझे
बेटियाँ क्या होती हैं
बेटा-बेटी में भेद करना, थी मेरी मूर्खता।
डायरी को गंगा में बहा दिया।

पानी में महल

रेगिस्तान में
महल बनाने का अथक प्रयास
व्यर्थ होना था अनायास,
हुआ।
किंतु हम हार नहीं मानेंगे
डटे रहेंगे, जुटे रहेंगे,
भगवान राम का नाम लेते रहेंगे,
क्योंकि हमें दिखाना है अजूबा करके,
किंतु न ज़मीन पर
और न ज़मीन से जुड़कर।
रेगिस्तान तो क्या हम
पानी में महल बनाकर दिखायेंगे,
भूखे बच्चे देखकर बौरायेंगे
दुनिया वाले हमारी लोहा मानेंगे।
कोरोना काल में अनाथ हुए बच्चे,
भूखे नंगें, दीन दुखी जिन्हें छिपा दिए जाते,
ख़ास-ख़ास अवसरों पर, वे सब
सुनकर दंग रह जाएँगे॥

पूँजी निवेश

देखो !
नन्हा सा बच्चा
स्कूल जाने की उम्र है जिसकी --
'सैनिक' की दुकान में बर्तन धो रहा है।
एक गिलास टूटता इधर
दस तमाचा खाता उधर --
महीने भर की पगार से हरजाना अलग।
'यूनिसेफ' के कार्ड उसके नाम
बाल श्रम कार्यशाला उसके नाम
चाचा नेहरू का 'बालदिवस' भी उसी के नाम।
नहीं मालूम उसे --
मानवाधिकार के हिमायत करने वाले
कितनी बुलन्द उठाते हैं
उसकी बेहतरी के लिए;
कितने एनजीओस है उसके लिए
कितनी योजनाएँ ऐलान होती हैं
हर बालदिवस पर उसी के नाम
किन्तु हाँ --
चाय की दुकान पर
पूँजी निवेश की चर्चा सुनते सुनते
उसमे भी जग गई
उम्मीद की किरण;
उसे भी यक़ीन होने लगा है
कि आजादी के पचहत्तर वर्ष पर
उसका अपना मकान होगा,
उसका अपना एक दुकान भी होगा
और वह बन जाएगा
भारत की युवा शक्ति।

सुभाष चन्द्र गांगुली

द्वन्द्व

एक हाथ कहता
कर्म करो
दूसरा कहता
भरोसा रखो
एक पैर कहता
आगे बढ़ो
दूसरा कहता
पीछे रहो
एक नयन कहता
ग़ौर करो
दूसरा कहता
नज़र अंदाज़ करो
एक कान कहता
तुमने सुना
दूसरा पूछता
क्या कहा ???
एक दूजे के
द्वंद्व में
छूट गयी ज़िंदगी
मझधार में।

डर

भीड़ से नहीं
भीड के सूनेपन से
डर लगता है

सूरज से नहीं
ओजोन के छेद से
डर लगता है

हथियारों से नहीं
लावारिस खिलौनों से
डर लगता है

काँटों से नहीं
फूलों के हार से
डर लगता

नक्षत्रों से नहीं
नक्षत्रों के ठेकेदारों से
डर लगता है

इन्सान से नहीं
इन्सानियत के ठेकेदारों से
डर लगता है

महँगाई से नहीं
नेताओं के भाषणों से
डर लगता है

आग

यहाँ मैं आया था
किंतु स्वेच्छा से नहीं,
जिस घर में मैं जन्मा था
स्वेच्छा से वहाँ नहीं जन्मा था।
ज्ञान होने पर पता चला था
मेरा एक धर्म, एक पंथ है,
वर्ण, गोत्र, जाति, पदवी है,
भूमिष्ट होने से पहले ही तय था,
मेरा धर्म-कर्म भाषा बोली तय था
तय था मेरा ऊँच नीच होना,
कुछ भी नहीं था इच्छा से मेरी
कुछ भी नहीं था वश में मेरे।
मैंने देखा यहाँ मनुष्य को
पशुओं से अधम होते हुए,
देखा उन्हें बारूद से खेलते
देखा कोमल कलियों को मसलते,
देखा सौंदर्य बिखारता गुलाब को रौंदते
देखा किडनियों के महल बनते।
जाना इतिहास का अर्थ है युद्ध
जाना भूगोल बदल देता है युद्ध।
जो आग मेरे सीने में दहल रही
बहुतों में धधक रही है वही आग,
आग लगाते कइयों को देखा
आग बुझाते किसी को नहीं देखा॥

पानी

पेड़ लगे बंग्लादेश में
बादल आया हिन्दुस्तान में।
बारिश हुई चेरापूँजी में
चाय उगी बागान में।
चाय पी राम ने चाय पी
रहिम ने, बाब विल्सन ने
पानी खींचा माटी ने
पानी मिला पानी से।
रोक लगाया तामिल ने
रोक लगाया कर्नाटक ने।
आग लगी भाषाओं में
ढेर सारे मर गये दंगों मे।
हल्ला हुआ संसद में
हल्ला हुआ चौराहों पे।
वोट बने नेताओं के
नाक कटी देश की।

लौट गये

बापू गये खादी भवन में
लौट गये
दाम सुन कर

टैगोर गये
शांतिनिकेतन में
लौट गये
डोनेशन सुनकर

विवेकानंद गये
आश्रम में
लौट गये
ठाट देखकर

बाबासाहब गये
संसद में
लौट गये
नोटों की गड्डी देखकर

बुद्धा गये
बोधि गया में
लौट गये
मारपीट देखकर

लिंकन गये
अमेरिका में
लौट गये
टावर देखकर

लेनिन गये
रुस में
लौट गये
ध्वस्त मुर्तियाँ देखकर

जिन्ना गये
कराची में
लौट गये
हालात देखकर

मूजीबर गये
ढाका में
लौट गये
'लज्जा' पढ़कर

ब्रह्मा उतरे
धरती पर
आँसू बहाए
अपने किए पर।

सुभाष चन्द्र गांगुली

एक अरब एक

(दिनांक 11/5/2000 को दिल्ली के सफदरजंग में एक अरबवाँ बच्ची जन्मी जिसका नाम रखा गया था "आस्था "। तत्कालीन प्रधानमंत्री अटल बिहारी बाजपेई ने कहा था --आज हम एक अरब हो गये हैं। वह पैग़ाम लेकर आयी है। बच्ची की सारी ज़िम्मेदारी सरकार ने ले ली थी। उसी को केंद्र में रखकर यह रचना दिनांक 15/5/2000 को लिखी गई थी)

आस्था के जन्म के थोड़ी ही देर बाद
आस्था की एक बहन ने जन्म लिया था
सम्भव है कि उसका नम्बर एक अरब एक रहा,
मुट्ठी बंद हाथों में उसके क्या था लिखा
अभी तक किसी ने खोलकर नहीं देखा।
क्या उसने जनसंख्या वृद्धि की याद दिलायी ?
क्या वह बच्ची भी कोई पैग़ाम लेकर आयी ?

आस्था की बहन गर्मी की झुलसती धूप में
जीटी रोड को जोड़ने वाले पुल के बग़ल में,
विशाल स्पन पाइप के भीतर चीख़ रही है,
उसकी माँ पक्के मकान का सपना देख रही है,
उसकी माँ लोरी गाकर सुलाना चाहती
वो चंदा मामा दूर के गुनगुनाना चाहती
मगर उसकी आँखें पाइप के बाहर नहीं जाती
घुप अँधेरे में आँखें नम हो जाती।

बच्ची की नानी बेटी की सौरी से बेहद परेशान हैं
एक कुतिया से नवजात शिशु को बचाने में लगी हुई हैं,
और कुतिया अपने बच्चों को जन्म देने के लिए
पाइप में घुसने के लिए परेशान है।
आस्था की बहन अपने साथ पैग़ाम नहीं ले आई
तभी वो किसी के चेहरे पर मुस्कान नहीं ला सकी,
आस्था के भाई बहन जीर्ण पृथ्वी में व्यर्थ
आते रहेंगे जाते रहेंगे .....
कब तलक हम आँखें बंद रखेंगे?
किस-किस के पैग़ाम का इंतज़ार करेंगे?

सुभाष चन्द्र गांगुली

आज की नारी

बहुत हो चुका
अब नहीं सहनी
तुम्हारी यातनाएँ:
मैं नारी हूँ
मैं शेरनी हूँ।
अबला नहीं
दुर्बल, कोमल नहीं,
दुर्गे दुर्गतिनासिनी,
काली कात्यायनी
चामुण्डे, मुण्डमालिनी
स्वाभिमानी, अभिमानी
मैं नारी।
हो अगर झपटना
बला अपनी समझना
तुम्हारी गिद्धी आँखें
गिद्ध को दूँगी उखाड़ के
अकल हो तो न भिड़ना
अपनी मौत न बुलाना।
वह नारी
जिसे तुम दबोचते
अपनी जंगली पँजों से
मर चुकी।
मर चुकी
वह नारी, जिसे
बेचते कौड़ी से
बेजुबान बनाकर रखते

आजीवन कारावास में :
मर चुकी
वह नारी, जिसे
जब चाहा भोगा,
जब चाहा त्यागा
गला घोट दिया
जला दिया
दफ़्ना दिया
इतिहास साक्षी
जो न किया
कम किया।
कसम पवन और अग्नि की
कसम भारत माता की
कसम इस धरती की-
जिस नारी ने संरचना की
विशाल विश्व की,
जिस नारी ने सृष्टि की
सम्पुर्ण मानवजाति की,
जिसने बागडोर सँभाली
घर-घर की,
उस जननी जगधात्री
विश्वसृष्टा नारी का
अब यदि होगा अपमान
मैं अपने स्तन में
विष भर दूँगी।

सुभाष चन्द्र गांगुली

संतुष्टि

कभी-कभी ख़याल आता
मुझसे ज्यादा ख़ुशनसीब है
वह ग़रीब,
वह कभी भुट्टा कभी खीरा
और कभी मूँगफली बेचता,
उसे बिच्छू डंक मारता
उसके बदन से ज़रा सा ख़ून नहीं निकलता
उसके बदन पर खटमल सैर करता
उसे बिल्कुल पता नहीं चल पाता,
सामान झटक कर चील उड़ान भरता
वह सिर उठाकर मन ही मन मुस्कराता
वह ग़रीब कभी सत्तू खाकर
कभी रोटी प्याज, कभी दाल भात
तो कभी ख़ाली पेट सो जाता है
फिर भी उसके चेहरे पर मुस्कान रहता
क्योंकि मुस्कराने के लिए
उसे सभ्य समाज से ट्रेनिंग नहीं लेनी पड़ी
जीवन की गूढ़ रहस्य जानने के लिए
उसे दर्शनशास्त्र का अध्ययन नहीं करना पड़ा
फिर भी उसे दर्शनशास्त्र का ज्ञान है
क्योंकि जीवन को उसने देखा है
बड़े क़रीब से देखा है
तभी शायद वह सबकुछ सहता है
तभी शायद उसके चेहरे पर संतुष्टि दिखती है।

कर्मकार

काण्डों-महाकाण्डों का
ज्ञान नहीं है
उस कर्मकार को।
उसकी निगाहें, तितलियों कबूतरों पर नहीं
औजारों पर टिकी रहती हैं,
फटे-पुराने जूतों को, देखकर
वह ख़ुश हो जाता है।
जूतों को देखकर, वह
जूते के मालिक का हाल
जान लेता है, वह उसके मालिक के घर के
भीतर तक पहुँच जाता है
आज़ादी के पचास वर्ष की उपलब्धियाँ
जूतों से प्राप्त ज्ञान के आधार पर/ वह
बख़ूबी पत्रकारों की तरह सुनाता है।
और अपना अमूल्य वोट, वह
उसके लिए सुरक्षित रखता है
जो उसे, फ़ुटपाथ से हटाने वालों से बचाता है
और जो उसके परिवार को
पुल के नीचे बसे रहने देता है।

जोड़ो

अपने को
अपने आप से
अपने आप को
अपने अपनों से
जोड़ो।

माँ की ममता से
बाप की फ़िक्र से
भाई के रिश्ते से
राखी के धागों से
जोड़ो।

भाई को भाई से
बहन को बहन से
चाचा को भतीजे से
मामा को भाँजे से
जोड़ो।

घर को पड़ोसी से
पड़ोसी को पड़ोसी से
गली को गली से
मोहल्ले को मोहल्ले से
जोड़ो।

मोहल्ले को समाज से
समाज को राष्ट्र से
राष्ट्र को राष्ट्रभाषा से
राष्ट्रभाषा को विश्व से
जोड़ो।

नेता को पार्टी से
पार्टी को विचारों से
विचारों को मानवता से
मानवता को धर्म से
जोड़ो।

धर्म को कर्म से
कर्म को पूजा से
पुजा को ईश्वर से
ईश्वर को ऐक्य से
जोड़ो।

अपने को
अपने आप से
अपने आप को समाज से
समाज को देश से
जोड़ो

सुभाष चन्द्र गांगुली

मुद्दे

सावधान ! !
मुद्दों की तादाद बढ़ रही है,
तेज रफ़्तार से बढ़ रही है।
चिंताशील जीवों की तादाद से
मुद्दों की तादाद
दस गुनी हो चुकी है।
सभागार, डिनर टेबलों को त्यागकर,
मुद्दे सड़कों पर
गलियों, नुक्कड़ों में
खेत, खलियान, चौपालों में
पहुँच चुके हैं।
तेल में, रेल में, साफ्टवेयर में
दवा में, ऑक्सीजन में,
चुप्पी में, बोलने में,
खाने में, नहाने में, आँसू बहाने में,
सर्वत्र मुद्दे ही मुद्दे।
मुद्दे हवाओं में बह रहे हैं
सपनों में तैर रहे हैं
भटकाये जाते है ध्यान मुद्दों से
दफ़्ना दिए जाते हैं मुद्दे /किन्तु
बार बार जीवित हो उठते हैं वे।
ज़िन्दगी के लिए,
लोकतंत्र के लिए
ज़रूरी है मुद्दों का रहना
किन्तु सत्यानाश से बचने के लिए
ज़रूरी है मुद्दों पर लगाम लगाना।

प्रश्न पत्र

मेरा बीता हुआ कल
बहुत सारे प्रश्नों को लेकर
मेरे सामने खड़ा हो गया है,
उसने अपना पैर
अंगद जैसा जमा दिया है
वह माँग रहा है मुझसे
अपना जन्म सिद्ध अधिकार।
उसे मैं लाँघ नहीं सकता
उसे दुत्कार नहीं सकता
उसे उसका अधिकार
दे नहीं सकता, फिर भी
वह अडिग है, अट्ल है
मेरे लिए अवरोध बना हुआ है
वह मेरे वर्तमान का
सुख चैन छीन रहा है
मेरे वर्तमान को अतीत के साथ
जोड़ रहा है
और मेरे आने वाले कल के लिए
प्रश्न पत्र तैयार कर रहा है
जिसका उत्तर मुझे नहीं
आगामी पीढ़ी को देना होगा।

[मूल: बांग्ला में, अनुवाद: अनिलअनवर]

कलाकार की कृती

(1)
कंपकंपाती ठण्ड में
वह अकेली, एकांत में,
धान कूटती।
धान कूटती,
तन्हाइयाँ ठेलती
मन ही मन गुनगुनाती
काम में लीन रहती।
धान कूटती, सिहरती, ठहरती
माँ बनने के दिन गिनती।
प्रकृति की विशालता,
नीरवता की सुंदरता,
मादक कवि को छू लेता;
अपने अल्हडपन को
सुर, ताल, लय में
अन्जान प्रच्छन्न पीड़ा के,
गाते हैं गीत कवि रोमाँस के।

(2)

झुलसती तपती मरुभूमि पे
चार चार घड़े माथे पे
वह लाती है जल
मीलों पैदल चल
और उसके माथे का बोझ
उसके तालों को करता बेताल
छंद और सुर को बेक़ाबू।

नारी वेदना से अन्जान
नारी देह से आकृष्ट होकर
सौंदर्य ढूँढ़ लेता है कलाकार
वक्षो को विस्तृत आकार देता
अनियंत्रित तालों को नियंत्रित करता,
हमेशा के लिए स्थिर कर देता।

और उधर
भरी गगरिया छलकती छलकती
बदन भिगोती आधी भरी घर पहुँचती।

बाज़ार

बाज़ार मेरे घर को अपने गिरफ़्त में ले चुका है
प्रतिस्पर्धा बाज़ार मे नहीं:
अपने पास पड़ोस सगे संबंधियों से है।
घर का ड्राइंग रूम, डायनिंग रूम
और टायलेट स्मार्ट बन चुके हैं,
बेडरूम, किचन स्मार्ट बनने को आतुर है :
धृतराष्ट्र जैसा मैं अपने घर को :
बेआबरू,बाज़ारू होते देख रहा हूँ।

आपसी संवाद में नये- नये प्रोडाक्टस
नये-नये पोशाक, लेटेस्ट स्मार्टफोनस
लेटेस्ट एसी, लेटेस्ट कारें, लोनस, व्यवसाइटस
और विज्ञापनों की चर्चा हाबी रहती है।
दिन रात टीवी पर दिखाए जा रहे विज्ञापनों ने
ले लिया है सेल्समैन और डेमो की जगह,
अपने ही घर में मौजूद हैं सेल्स एजेंट्स :
उन्हें दिख गया है मुझमें एक पूँजीपति :
धीरे-धीरे हो रही है ख़ाली
रिटायरमेंट के बाद के लिए रखी पूँजी।

जिस रफ़्तार से बाज़ारवाद बढ़ रहा है
मुझे पूरा यक़ीन है
कि दुनिया से विदा लेते समय
अपने घर से नहीं
बाज़ार से विदा लूँगा मैं।
और तब तक मेरा जीर्ण-शीर्ण शरीर
अति आधुनिक सभ्य समाज के लिए मिसफिट
दूध न देने वाली बूढ़ी गाय की तरह
अपने ही मकान के पीछे
ओसारे से लगे कमरे में पड़े पड़े
खिड़की से तारों को निहारते-निहारते
जल्द से जल्द शरीर त्याग कर शून्य में
विलीन हो जाने की आस में मरता जीता रहेगा।

बाज़ार के ताल में ताल मिलाने के फेर में
क़र्ज़ पर क़र्ज़ लेकर ई एम आई भरते भरते
वे डूबेंगे, सबको लेकर डूबेंगे :
बाज़ारू प्रतिस्पर्धा के इस दुष्परिणाम से
सम्पूर्णतः बेख़बर हैं वे।

मेरा घोड़ा

(1)

मैंने जब होश सँभाला
काला एक घोड़ा मिला
मेरा घोड़ा पगला घोड़ा
मोटा ताज़ा लम्बा चौड़ा
तेज़ी से वह दौड़ लगाता
साथ उड़ाके मुझे ले जाता
सीमाओं को लाँघ लेता
बन्धनो को तोड़ देता
बादलों में सुरंग बनाता
धरती पे जल ले आता
एक छलाँग समन्दर डाँकता
पूरी धरती सैर कराता
वीर बहादुर चेतक था
राणा प्रताप था मैं उसका

(2)

मेरा घोड़ा जवान होता
उछलता कूदता मस्त रहता
अपने धुन में खोया रहता
पांवों तले दुनिया रखता
ताक़त वह ख़ूब आजमाता
जोरों से पाँव पटकता
चाहता रहा तेज़ भागना
रूढ़ियों को तोड़ देना
फूँक-फूँक रखता क़दम
क़दम-क़दम बढ़ाता क़दम
जोश ख़रोश ठण्ड होता
पाँवों को समेट लेता
मैंने ही लगाम सँभाली
घोड़ा कहीं मचाये न खलबली

(3)

मेरा घोड़ा हुआ अधबूढ़ा
थका हारा उसका मुखड़ा
गर्दन जैसे टूटा घड़ा
रहता नहीं चुप खड़ा
बोझों से लदा हुआ
नतमस्तक चलता हुआ
अतीत से नाता टूटा हुआ
विरह व्यथा से जुड़ा हुआ
सीमाओं के पीछे रहता
राम नाम जपता रहता
कर्म में वह लीन रहता
शीश झुकाये काम करता
घूर घूर कहता घोड़ा
नहीं अभी मैं नहीं बूढ़ा

(4)

मेरा घोड़ा काला घोड़ा
हो गया है अब एक़दम बूढ़ा
एक किनारे है पड़ा
किसी तरह होता खड़ा
टाँग किसी ने है तोड़ा
चलता फिर भी थोड़ा-थोड़ा
पास न जाए कोई उसके
नज़र बचाकर सब खिसके
साँझ ढले पे सो जाएँ
देख बुढ़ापा आँसू बहाये
था जो इतने काम का
रह गया सिर्फ़ नाम का
दीन तनके दुःखी मन के
बीते दिन गिन-गिन के

सुभाष चन्द्र गांगुली

(5)

ओ मेरा प्यारा घोड़ा
चलना तुझे है और थोड़ा
रामजी से है तुझे मिलना
हौसला अपना बुलंद रखना
थोड़ा सा सफर तय करना
रामजी का जय बोलना
मुसाफ़िरों को राह बताना
भू-भुलैया पार कराना
कल तक जिएँ अपने लिए
अब जियो औरों के लिए
मोक्ष अभी है तुम्हें पाना
भवसागर पार करना
ब्रह्म में तुम समा जाना
शरीर धारण फिर न करना।

गंदगी

उस सड़क के नीचे
गन्दा पानी बहने वाला
एक नाला मौजूद है,
जो आगे चलकर
मिल जाता है,
गंगा नदी से।
उसी सड़क से चलकर
सारे भक्त नित्य नहाने जाया करते
गंगा नदी में,
लेकिन जब से
भक्तों को पता चला
उस गुप्त नाले का,
उन सबों ने रास्ता बदल दिया
जाने का॥

मलथस् का क्रोध

बादल मेरे कमरे में
घुस आए,
मेरे चारों ओर फैल गये
बादल बोलें
"रास्ता छोड़ो
उन्मुक्त हवा में उड़ने दो
इतने ऊपर
अट्ठासी तल पर
क्यो आये हो? रास्ता छोड़ो....
वर्ना तबाही मचा दूँगा।"
मैं बोला, "क्या करूँ, कहाँ जाऊँ?
आधी ज़मीन पर मुर्दे सो रहे हैं
आधी पर कल कारख़ाने हैं,
छोटी पड़ रही है धरती।"
उमड़-घुमड़, गरज- गरज
बरस गए बादल
और बोलें " क्यो नहीं मानी
मलथस की बातें? "
मैं बोला " मेरे पूर्वजों ने नहीं मानी
मुझे भी नहीं माननी।"
" क्यों?"
" क्योंकि प्रजातंत्र में
बहुसंख्यक ही हमेशा राज करते

अपने समुदाय के प्रति मैं जागरूक हूँ।"
लाल पीला हो गया बादल
चारों ओर भर दिया जल
पीने के लिए मगर न मिला
एट घूँट जल।
मैं चिल्लाया "बादल ! बादल ! बादल !"
मेरी नींद खुल गई।
देखा पैरों के तल
तब भी था थल
दूर-दूर तक नहीं था बादल।
चारों ओर पड़ा था सूखा
चारों ओर था बंजर और खंडहर,
चारों ओर मची थी हलचल--
जल-जल, जल दो जल

एक लोटा लेकर
मैं भी निकल पड़ा

ढूँढ़ने जल।

नोट: मालथस एक अर्थशास्त्री थे जिन्होंने जनसंख्या नियंत्रण सिद्धांत दिया था। उन्होंने कहा था कि जनसंख्या नियंत्रण अति आवश्यक है अन्यथा प्रकृति उसका नियंत्रण बाढ़, सूखा, भूचाल आदि उपाय से कर लेती है।

सुभाष चन्द्र गांगुली

मेरा क़सूर क्या है?

आज भी शिलॉक* पूछता
उसका क़सूर क्या?
एन्टोनी चुप रहता ---
क्या कहता??
सारे लोग चुप रहते
आज भी चुप्पी साधे हुए हैं।

अलबत्ता ज़माना बदल गया
कहीं शिलॉक तड़प-तड़प मरता
कहीं उसे फाँसी पर लटकाया जाता।
अलबत्ता जमाना तेजी से बदल रहा --
सौ तल्ला इमारत कहीं बादलों से टकरा रही
यंत्र कहीं जुपिटर में 'सोने का किला' ढूँढ़ रहा
आदिम आदमी किंतु तनिक न बदला
आदिम बर्बरता को बड़े जतन से
संजोए हुए है
अति आधुनिक साजबाज से।
शीत युद्ध जारी है

भीतर ही भीतर युद्ध जारी है
शीत युद्ध से तंग
छेड़ेंगे लोग दर दर जंग
कुरुक्षेत्रों को देंगे
ज़हरीले इंद्रधनुष के रंग
होगी विश्व में शांति भंग
और -----
कबीरा खड़ा बाज़ार में
अलापेगा पुराना राग,
गाँधी, टालस्टाय, टैगोर
छिड़केंगे शांति जल
लेकिन ----
तब भी पूछता रहेगा शिलॉक
उसका क़सूर क्या??????

सुभाष चन्द्र गांगुली

भारत माता रोती है

भारत माता रोती है
रोती है तो रोने दो।

बाढ से बेघर होते हैं
बेघर उनको होने दो,
बाँध ढहने से वे दबते हैं
दबते हैं तो दबने दो,
धर्म से समाज टूटते हैं
टूटते हैं तो टूटने दो।

भारत माता रोती है
रोती है तो रोने दो।

देखो बच्चे ईंटा ढोते
चुप्पी साधे बैठे रहो,
आतंकी गर बढ़ते हैं
नादानो को मरने दो,
चिंताओं में वोट सेंको
भारत माँ को रोने दो।

भारत माता रोती है
रोती है तो रोने दो।

गाड़ी ज्यों ज्यों रुकती है
अपाहिज अंधे आते हैं
रोटी दो पैसे दो
सुर लय में कहते हैं,
मुँह फेरो शीशे खींचो
उन्हें सुर में रोने दो।

भारत माता रोती है
रोती है तो रोने दो।

सज-धज के तुम आ जाओ
बुफे में रंग और लाओ,
दारु पीकर झोरके खाओ
भूखे बच्चे डाँट भगाओ,
उनको जूठन खाने दो
कुत्ते जैसे जीने दो।

भारत माता रोती है
रोती है तो रोने दो।

अर्थ व्यवस्था बिगड़ती है
आंकड़ों में उलझा दो,
पेट्रोल-डीजल बढ़ता है
तेल विदेशी कहते रहो,
मुद्रास्फीति बढ़ती है
काला धन निकालते रहो।

सुभाष चन्द्र गांगुली

भारत माता रोती है
रोती है तो रोने दो।

घूसखोरी बढ़ती है
दूध का धोया कौन कह दो,
दंगे-फ़साद बढ़ते हैं
जनता पर दोष मढ दो,
आपस में लोग टकराते हैं
चूर चूर हो जाने दो।

भारत माता रोती है
रोती है तो रोने दो।

दर-दर कौरव खड़ हैं
उनको कपड़े उतारने दो
पाँडू भोले बनते हैं
बनते हैं तो बनने दो
जात पात से घर बँटते हैं
बँट भी तो जाने दो।

भारत माता रोती है
रोती है तो रोने दो॥

जल विवाद

सुखिया किसान सुखी है
खेत है खलियान है
बैलगाड़ी, ट्रैक्टर भी है
और है एक कुआँ
यह वही कुआँ है
जो बन गया था
राष्ट्रीय राजनीतिक मुद्दा।
कुएँ से जल ख़ूब मिलता
स्वच्छ जल सदा मिलता।

पड़ोसी दुखिया दुःखी है
सब कुछ है तो सही
कुएँ में जल पर्याप्त नहीं
परिवार के सभी दूर-दूर से
लाते हैं जल बड़ी मेहनत से
फ़सल अक्सर सूख जाता
बच्चे बूढ़े गन्दे रहते
कदाचित नाले में ही नहा लेते।

दुखिया ने बिनती की,
दुआएँ दी, मिन्नतें की,
थोड़े से जल के लिए
बैठे रहे सुखिया ऐंठ के।
पंचों ने कहा
दुखिया को जल दो !

सुभाष चन्द्र गांगुली

सुखिया ने कहा
साले को मरने दो।
माना नहीं किसी का कहा।
तब दुखिया की पत्नी
आमरण अनशन बैठी
मौत या पानी!

गाँव-गाँव ख़बर फैलती गई
धीरे-धीरे भीड़ उमड़ती गई
नेता लोग झाँकने लगे
अनशन में साथ देने लगें
सरकार से वे गुहार लगाने लगे
दो लोगों की कमेटी बनवा लिए
आदेश हुआ जल देने का
अनशन भंग करने का।

ड्रामा अभी ख़त्म हुआ नहीं
सुखिया चुप बैठा नहीं
पैसा फेंक चाहा तमाशा देखना
शुरू हुआ उसका पक्षधर बनना,
फिर सुखिया बैठा अनशन पर
तुल गया वह आदेश रद्द कराने पर,
कमेटी बैठी हल ढूँढ़ने
किसी तरह सुखिया को मनाने।
सुखिया ज़िद्द पर अड़े रहे
उनके समर्थक चढ़े रहे।

भारत माँ की गोद में

ज़मीन से पाताल तक
और ज़मीन से आसमान तक,
जो कुछ है, है उसी का,
सुखिया ने कहा।
स्थगन आदेश हुआ
अनशन ख़त्म हुआ
पागलपन थम सा गया।

कमेटी के सुझाव पर
बोरिंग चला महीना भर
बहुत गहरा सुखिया का कुआँ
तभी पानी मिलता रहा
कम गहरा दुखिया का
तभी पानी जाता रहा।
तीन जजों की अदालत ने
दोनों पक्षों को महीनों सुना
फ़ैसला मगर नहीं सुनाया
फ़ैसला अपना रिजर्व रखा।

रह-रह कर दोनों भिड़त रहे
एक-दूसरे को तंग करते रहे
खेत खलियान जलाते रहे
नये-नये केस बनाते रहे
अदालत में तारीख़ें लगती रही
वकीलें पैसे ऐंठते रहें
निर्णय रिजर्व रखा रहा
जनहित में रिजर्व रखा रहा

सुभाष चन्द्र गांगुली

ख़ामोश अदालत चलती रही।
नेताओं को मौक़े मिलते रहे
गुंडों के दबदबे बढ़ते रहे
अफसर चिंतित होते रहे।
अंत फिर कुछ ऐसा हुआ
'निर्भीक' ने एक सुझाव दिया
पंचों ने जिसे पारित किया
बनवा लें सुखिया दीवार,
ज़मीन के नीचे पाताल तक
और उपर आसमान तक
जो कुछ मिले वह ले जाए।

सुखिया को बात समझ में आई
बोले 'क्षमा करो' दुखिया भाई
ख़त्म करें झगड़ा लड़ाई,
बच्चे बच्चे कर्मों नहावे नाले में
आओ मिलकर खाना खाये
एक ही थाली में।'
जल विवाद ख़त्म हुआ
दोनों में समझौता हुआ।
निर्णय फिर भी रिजर्व रहा
जनहित में रिजर्व रखा रहा।

महासागर से महाशून्य तक

ना है जेट
ना कोई राकेट
है भूमण्डल मेरे पाकेट
और आसमाँ के सितारे
सारे के सारे
मुट्ठी में ही है मेरे।

घूमता हूँ मैं ग्रह उपग्रह में
भू-मण्डल से भू-मण्डल में
मगन खिलाड़ी के खेल में
खेलता टूटते सितारों से
सतरंगी इंद्रधनुष के रंगों से
बिखरते बादलों से।

आता नहीं शून्य से कोई
आता अगर शून्य से कोई
मैं हाँ मैं, और वो भी।
असीमित में सीमित मै
सीमित में असीमित मैं
शून्य में मैं ही मैं।

डूबते को तिनके का सहारा
जीने वालों का मैं सहारा

तिनका सा मैं सबका सहारा।
जनम पर होती खुशी मुझको
मरण पर भी होती खुशी मुझको
जुदाई पर मिलती हैं राहत मुझको।

स्वर्ग अमृत का है मुझमें
पित्त नर्क का मुझमें
नृत्य का ताल मुझमें
बहती है गंगा मुझसे।
सागर महासागर है मुझमें
पाप पूण्य स्रोत मुझसे।

जुगनू भरे पेड़ देखा मैंने
माँसाहारी पेड़ देखा मैंने।
नाई मोची भिखारी मैं
दुराचारी मैं, सदाचारी मैं
राजा मैं प्रजा भी मैं
साधु मैं महात्मा ईश्वर मैं।

अंत जहाँ किसी का
शुरुआत वहीं उसी का
शुरुआत जहाँ किसी का
अंत भी वहीं उसी का।
शुरू अंत एक दूजे का
शुरू से मैं अनन्त का।

हो अगर कुछ अपराजेय
अकेला पाप अपराजेय
हो अगर कोई अजेय
अकेला मैं अजेय
हो अगर कोई नश्वर
अकेला मैं नश्वर।

दुर्दांत मेरी शक्ति
रोशनी मैं दिखाता
संघर्ष मैं सिखाता
मुक्ति मैं दिलाता
अँधेरे में भटकता
उजास को देखता

शक्तियों का मैं संचालक
नुमाइश का मैं निदेशक
महासागर से आसमाँ को
आसमाँ से महासागर को,
आसमाँ मेरा ब्रह्माण्ड मेरा
मैं तेरा और तू है मेरा।

पिंजरे में देवता

शोर-शराबे से दूर
आधुनिकता से दूर
पर्वतों के घेरे में
जंगलों के घेरे में:
बनाये हैं स्वर्ग द्वार
पैसों से करने वाले प्यार।
दुर्गम है पथ पहुँचने के
फिर भी पहुँचते हैं वे
मीलों पैदल चलके:
क्योंकि सबको दे दी गई है ख़बर
मिलते है ईश्वर वहाँ दर-दर।

मद्यपान निषेध
माँसाहार निषेध
उल्लंघनकारी होंगे दंडित
मूर्तियों को पूजेंगे सिर्फ़ पण्डित
और मंदिर के भीतर
कुछ लोगो का प्रवेश है निषेध्।
ये सारी हिदायतें
मोटे-मोटे लाल-काले अक्षरों में
दर्ज़ है मुख्य द्वार पर।

समाजवादी उक्तियाँ
साधुवादी सुक्तियाँ
कबीर, नानक के दोहे
जो सब मन मोहे
खुदे हुए है पत्थरों पे
लिखे हुए है दीवारों पे
रुपहले-सुनहले अक्षरों में।
फ़र्श पर बिछे हुए हैं पत्थर
लिखे हुए हैं नाम उन पर,
उन अन्जान लोगों के
जो जा चुके है जग छोड़कर।
रोज़ाना रौंदे जाते हैं वे नाम
जो कभी थे किसी के लिए
श्रद्धा के पर्याय।
ईश्वर तक पहुँचने के
अजीबो-ग़रीब है रास्ते,
कोई चढ़ाये भेंट
फल-फूल मालाओं की,
कोई चढ़ाय भेंट
मिठाई बेसन-खोये की,
भैंस, बकरे, माला नोटों की,
और कोई-कोई करे
वायदे बड़े-बड़े घूसों की।

सुभाष चन्द्र गांगुली

मंज़िल है काफ़ी ऊँची
मूर्तियाँ भी ऊँची-ऊँची,
देवता है क़ैद, पिंजरों में।
जैसे रहते है शेर पिंजरों में:
मूर्ति चोरों के भय से
जेवर चोरों के भय से
सारे के सारे देवता हैं
सलाखों के ही पीछे।
भद्रजन फेंकते फूल वैसे
लाशों पर फेंके जाते फूल जैसे।
फल-फूल फेंके जाते वैसे
मूँगफलियाँ, छिलके फेंके जाते जैसे
चिड़ियाघरों के बंदरों को दूर से।
हे मेरे ईश्वर!
छोड़ो बंधन, आओ बाहर!
ठहरो! मैं आ रहा हूँ
तुम्हें मुक्त करने मैं आ रहा हूँ।

देखो! देखो!
देखो वह आती है,
आहिस्ता-आहिस्ता वह आती है,
भिखारिन सी वह लगती
लाठी के बल चलती
इधर-उधर टुकुर-टुकुर ताकती
ईश्वर से मिलने वह आती,
आँखों में है उमंग

होठों पर है खुशी के तरंग
भेंट चढ़ाने वह आती
भेंट करने वह आती
पेट है उसका ख़ाली
पर भरी हुई है भेंट थाली।

सोच-सागर में डूबा मैं बढ़ा
सातवीं मंज़िल पर चढ़ा
पिंजड़े में सुंदर सा एक देवता :
साधु एक निकट आता
दान-पात्र मुझे दिखाता,
पीया हुआ है वह लीकर,
सूरत से लगता है जोकर,
एक सिक्का मैं उसे देता
जोरों से वह मुझे फटकारता
अरे मुर्ख! सोने का है यह देवता
और तू इसे मात्र एक रुपया चढ़ाता?

बीसों तल्ला घंटों देखा
देवताओं को बंद पिंजड़े में देखा
मन को जो न भाये सो देखा।
मन भावन कुछ भी ना देखा।
था मैं थका-हारा
सरोवर के पास आकर रुका,
देखा मछलियों को लोग आटा खिलाते
नब्बे के बूढ़े को देखा आटा बेचते

सुभाष चन्द्र गांगुली 63

मैंने एक पुड़िया ली
बीस पैसे न देकर
एक रुपये का सिक्का दिया,
ज्योंही मैं आगे बढ़ा
उसने मेरा बाज़ू पकड़ लिया,
अस्सी पैसा उसने लौटा दिया
बीस ही पैसा लिया:
मैंने पूरा लेने को कहा
मगर उसने बीस ही लिया
कंपित अधरों से उसने कहा
बाबू मैं ज़न्म से अंधा सही
पर लाचार तो नहीं।

चिंता सागर में डूबा मैं बढ़ा
व्यर्थ नहीं था भ्रमण मेरा।

अतृप्त का सुख

पता नहीं क्यों
मन कहीं अटक गया है
जहाँ अटकने की बात नहीं थी
वहीं अटका हुआ है मेरा मन
जहाँ विरक्ति जन्मने की बात थी
वहीं आसक्त हुआ है मेरा मन
जितना खोजता उपाय गाँठ छुड़ाने का
उतनी ही कसती जाती है गाँठ
जोंक जैसे चिपक गई है गाँठ
सुना था ऐसा कुछ नहीं है
जिसे असाध्य कहा जाए
सुना था मन पर नियंत्रण रखा जा सकता है
किंतु गोधूलि बेला की इस क्षण में देखता हूँ
शरीर का बन्धन छुड़ाया जा सकता है
मन का बन्धन छुड़ाना नामुमकिन है
मन जहाँ अटक गया है
वहीं अटका रहेगा..........
रहे न रहे
अतृप्त का सुख अलग ही सुख है
भाषा में नहीं समझाया जा सकता।

सुभाष चन्द्र गांगुली

जीवन

जीवन ने मुझे पकड़ रखा था
पकड़ रखा था पूरे पचास बरस;
दुःख दिया, कष्ट दिया
दिया दुनियाभर की दुर्भावनाएँ, दुश्चिंताएँ
तब भी था जीवन मेरे साथ;
मैं था जीवंत, दुर्दांत, उद्भ्रांत
तेजी से घूमता था दिक्-दिगंत
जीवन मुझे देता था जीवनी- शक्ति
अफुरंत, असीम, अनन्त;
जाने कब आसक्त हुआ भोग विलास से --
अनायास आसक्ति घूस गयी मेरे मन में
ला दी धन, सम्पदा, सामर्थ्य
दे गयी धन, विपदा, अनर्थ
श्वेत केश होने पर समझा जीवन का अर्थ
समझा जीवन की आसक्ति का अर्थ
अब मैं 'जीवन जीवन ' पुकारता हूँ
विषाद लेकर हाथ हिलाकर बुलाता हूँ,
आमोद में है कहीं जीवन
मैं बुलाता हूँ 'आओ आओ आओ,
लौट आओ रे मेरा जीवन
जरा प्रत्युत्तर दो ना जीवन !

कल का आदमी

एक नवजात शिशु
जिसने रोना भी न सीखा था
कल तक,
चीख़-चीख़कर रो रहा था
अपने गर्भ गृह में,
अकेला ......
एकद अकेला
कंठ चीर कर रो रहा था।
और उधर
घर के बाहर
सरकारी पहरेदार,
मूँछें ऐंठे,लाठी लिए
स्टूल पर बैठा ऊँघ रहा था।
कल रात दंगाइयों ने
उसके पूरे परिवार को कूट डाला था
मगर उस नवजात शिशु पर रहम किया था।
आख़िर वह बच्चा
कल का आदमी जो था।

उल्टा-पुल्टा

उल्टी गिनती
गिन रहा हूँ
सबकुछ उलटते-पलटते
देख रहा हूँ।

बमों को गेंद
साँप को रस्सी
दुर्ग को मकान कहते
सुन रहा हूँ।

झूठ को सच
सच को झूठ
शासकों को बोलते
सुन रहा हूँ।

निर्दोष को क़ैद होते
दोषी को माला पहनाते
विफलताओं पर जश्न मनाते
देख सुन रहा हूँ।

ज्ञान को अन्धकार में
मूर्खों को ज्ञान बघारते
ईमानदार को ईमान बेचते
देख रहा हूँ।

सूझ-बूझ को कायरता
बड़बोले को निर्भीकता
बहुरूपता को महानता
कहते सुन रहा हूँ।

धर्म के नाम अधर्म
ग़रीबों से नफ़रत
नेताओं की बादशाहत
देख रहा हूँ।

जीर्ण किन्तु निर्भीक
नाउम्मेद नस्लों में
आख़िरी व्यूह ज्ञाता को
ढूँढ़ रहा हूँ।

उल्टी गिनती
गिन रहा हूँ
सब कुछ उलटते-पलटते
देख रहा हूँ।

सुभाष चन्द्र गांगुली

आईना

परदादा से मिले
मेरे मकान के बेडरूम में,
बर्मिस पलंग के पीछे दीवार पर
जर्मन की बड़ी दीवार घड़ी है
उसी के ठीक नीचे
लंदन का एक बड़ा आईना टंगा है
न जाने कब से,
शायद सौ साल से।
देखता आ रहा हूँ खुद को उस आईने में
तब से, होश सँभाला जब से।
बड़ी ख़ूबसूरत, बड़ा भोलाभाला
लगता है चेहरा अपना,
देखा नहीं बदलते चेहरा अपना
देखा नहीं बूढ़ा होते, कुरूप होते
जैसा देखा औरों को।

बाग़

न जाने किसने दूषित कर दिया है :
मेरे तन से ज्यादा प्यारे इस बाग़ को !
न जाने क्यों कैसे गुम हो रही है ख़ुशबू
न जाने क्यों लगने लगे फूलों के रंग बदले-बदले :
बेशुमार जंगली पेड़ उग आए हैं अनचाहे
बेशुमार फूलों का हार भी नहीं दे पाती है ख़ुशबू।
पेड़ों को मज़बूती प्रदान करने के लिए
मैं नियमित निराई-गुड़ाई करता हूँ,
नित्य नया खाद ढूँढ़ लाता हूँ :
जहाँ भी जो कुछ अच्छा दिखता उठा लाता हूँ:
जाने किस चीज की जरूरत है मेरे बाग़ को: इतना तो मालूम है मुझे
कि कहीं न कहीं, कभी न कभी
वो खाद ज़रूर मिलेगा मुझे
जो लौटा लायेगा मेरे बाग़ की हरियाली
जंगली पेड़ों के जड़ों को नाश कर देंगी
और फिर खिल उठेंगे रंग बिरंगे फूल
फिर मिलेगी एक ही ख़ुशबू नाना रंगों के मेल से।

सुभाष चन्द्र गांगुली

हिंद में

आग लगी खाड़ी में
धुआँ उठा खाड़ी से
धुआँ उठा आकाश में
उड़कर आया हिन्द में

आग लगी लंका में
गोलियाँ चलीं अपनों पे
धुआँ उठा लंका से
उडके आया हिन्द में

टुकड़े टुकड़े टक्कर खाये
बरस गए कश्मीर में
झेलम से गंगा में
भारत माँ की गोद में॥

क्या होगा?

क्या होगा
मेरा, आपका
पूरे देश का
जब / निर्णय लेने वाले
एक-दूसरे पर हमला बोलें?
क्या होगा
जब / व्यवस्था क़ायम रखने वाले
ख़ुद ही अव्यवस्थित हो जाएँ,
जब / नियम बनाने वाले
ख़ुद ही नियमों का पालन न करें,
जब / रक्षा करने वाले
अपनी ही रक्षा के लिए परेशान हो जाये?
और, क्या होगा
मेरा, आपका
पूरे देश का
जब / महिला सशक्तिकरण,
महिला सम्मान की बात करने वाले
एक महिला की रक्षा न कर सके?
क्या होगा
जब / सभागार में कुर्सियाँ चलने से
लहूलुहान हो जाएँ महिला?

सुभाष चन्द्र गांगुली

मौत आती मेरे पीछे

मौत आती मेरे पीछे
ज़िन्दगी मेरे पीछे-पीछे॥

अगर कहीं मैं जी गया
कहीं बुढ़ापा देख लिया
नाना बनकर कहानियाँ सुनायीं
बचपन कहीं मेरा लौट आया।
मौत आती मेरे पीछे
ज़िन्दगी मेरे पीछे-पीछे॥

आतंकवादी मेरे पीछे
गोले हथगोले मेरे पीछे
कट्टरपंथी मेरे पीछे
कट्टा-पत्थर मेरे पीछे।
मौत आती मेरे पीछे
ज़िन्दगी मेरे पीछे-पीछे॥

नन्हे-बूढ़े चले संग संग
बारूदी सुरंग करे रंग भंग
मैं बेचारा जग का प्यारा
फूलो से भी डरा-डरा
अपनों से ही अब टक्कर
कैसा है ये अब चक्कर।
मौत आती मेरे पीछे
ज़िन्दगी मेरे पीछे-पीछे॥

काश कहीं मैं जी गया
हरी का नाम कुछ जप लिया
क्या कुछ जाने मैंने खोया
मरकर जी कर न पाया
ईश्वर अल्लाह की साया
शीतल तरुवर मनोरम छाया।
मौत आती मेरे पीछे
ज़िन्दगी मेरे पीछे-पीछे॥

सुभाष चन्द्र गांगुली

हाल अपना ठीक है

ओजोन में छेद है
धर्मो में मतभेद है
देहरी में मनभेद है
महँगाई का खेद है
हाल अपना ठीक है
हरि बोल बोल हरि।

दाल बिना थाल है
माछ बिना बंगाल है
तेल बिना तरकारी है
नाही कुछ दरकारी है
हाल अपना ठीक है
हरि बोल बोल हरि।

बिना डिग्री मिनिस्टर है
बिना गणित एस्ट्रोलाजर है
बिना ईमान अफसर है
बिना वेतन डाक्टर है
हाल अपना ठीक है
हरि बोल बोल हरि।

बिना पुछे कवि है
बिना पूजे रवि है
छाया ही छवि है
छवि ही विप्लवी है
हाल अपना ठीक है
हरि बोल बोल हरि।

मन में तो डर है
तन किंतु निडर है
अपना ही देश है
अपने ही लोग है
हाल अपना ठीक है
हरि बोल बोल हरि।

कानों में रुई है
जुबाँ पे सुई है
आँखो पे पट्टी है
धोखे की टट्टी है
हाल अपना ठीक है
हरि बोल बोल हरि।

अयोद्धा का हिस्ट्री है
रामसेतू बना मिस्ट्री है
कैसी हुई सृष्टि है
किसकी कुदृष्टि है

हाल अपना ठीक है
हरि बोल बोल हरि।
छक्कों की बौछार है
विराट की जय जयकार है
नेता सारे भगवान हैं
वाक़ई हम सब महान हैं
हाल अपना ठीक है
हरि बोल बोल हरि॥

कोरोना महामारी है
वैक्सीन की मारामारी है
ऑक्सीजन की कालाबाजारी है
चोरी है सीनाजोरी भी जारी है
हाल अपना ठीक है
हरी बोल बोल हरी॥

अतीत

आया था कभी
सामने के दरवाज़े से
मेरा अतीत
जिसे--
धकेला था मैंने
भीड़ में पीछे
होने को कालातीत।
न जाने कैसे
पुनः सामने से
नये परिधान में
आया बनके
मेरा वर्तमान

सम्बोधन

मुझे मेरे नाम से जानना
धन्धे से नहीं
मुझे मेरे नाम से बुलाना
धन्धे से नहीं
यह धमकी नहीं
सिर्फ़ चेतावनी है।

यह महज इत्तेफ़ाक़ है
कि तुम जिस परिवार में जन्मे
वहाँ तुम्हारे लिए पलना था
चाँदी का चम्मच था
पीठ के नीचे था मखमल,
और जहाँ मैं जन्मा
वहाँ मेरे लिए टाट था
प्लास्टिक का चम्मच था
और पीठ के नीचे था खटमल।

किन्तु मित्र! यह मत भूलना
जिस प्रक्रिया से तुम आये हो
उसी प्रक्रिया से मैं भी आया हूँ :
वही माटी, वही हवा,वही जल था
जो धरती ने तुम्हें दी थी
वही मेरे लिए भी थी
जाओ पूछो अपनी माँ से

क्या वह उसी तरह नहीं छटपटायी थी
जिस तरह से मेरी माँ छटपटायी थी?
पूछो क्या उसने उसी तरह दूध नहीं पिलाया था

जिस तरह मेरी माँ ने मुझे पिलाया था?
और हाँ क्या उस दूध के एक-एक घूँट का रंग
मेरी माँ के दूध के रंग से अलग था?
माँ से पूछो उसके लिए संतान क्या होती?
पूछो अपनी माँ से उसके लिए संतान क्या होती?
पूछो संतान को गाली देने से उसे कैसा लगता है?
मैं निर्बल हूँ माना,
कुछ नहीं कर सकता मगर
तुम्हें गाली देकर तुम्हारी माँ को
दुःखी तो कर ही सकता हूँ न?

तुम्हें तुम्हारी माँ की शांति के लिए कहता हूँ
मुझे मेरे धंधे से सम्बोधन न देना
मेरे लिए जातिसूचक शब्द का प्रयोग न करना
बेवजह मेरे मुख से गाली न निकलवाना
मुझे मेरे नाम से जानना
मुझे मेरे नाम से बुलाना
और हाँ नाम के साथ
श्रीमान / मिस्टर / जी लगाना न भूलना।

सुभाष चन्द्र गांगुली

द्वेष

बूँद-बूँद जल के लिए
तड़पते तरसते देख रहा हूँ
इक लोटा पानी के लिए
घंटों में क्यू में देख रहा हूँ;

कुबेरपतियों नेताओं के लिए
ख़ास व्यवस्था देख रहा हूँ
नल के स्वच्छ जल को
नाले में गिरते देख रहा हूँ;

नंग-धड़ंग बालिगों को
नाले में तैरते देख रहा हूँ
बूँद-बूँद जल के लिए
प्रांतों को भिड़ते देख रहा हूँ;

हर एक प्रान्त के प्रांतभक्तों को
द्वेष से जलते देख रहा हूँ
निर्भीक हूँ सहने के लिए
भिष्मपिता जैसा सह रहा हूँ।

भाषा

ह्वेनसांग फाह्यान हमें समझाये
अपनी अपनी भाषा
कोलोम्बस वास्कोडिगामा सिखलाये
अपनी अपनी भाषा
उत्तर उत्तर, दक्षिण-दक्षिण
भाषा विवाद में
लुप्त न हो जाए कहीं
मानवता की भाषा।
सलाम लिलिपुट के मनिषियों को
जो समझ गये थे
गुलिवर की भाषा।

सुभाष चन्द्र गांगुली

बुढ़ापा

बूढ़ा हो गया हूँ मैं
अवकाश प्राप्त हुए पाँच बरस हो गए हैं,
शरीर का रक्त फीका हो गया है
दफ़्तर की फ़ाइलों में
बच्चों की तालीम में
इस्तेमाल हुए स्याही जैसी
और शरीर के माँस
लग गये थे अधिकांश
मकान की दीवारों, खिड़कियों, दरवाज़ों
और असबाबों में,
बदन में रह गई बस सूखी हुई हड्डियाँ,
दहेज वाला सूट ढीला हो गया
वजनदार लगते हैं पाँवों के जूतें
अपने ही मकान के दरवाज़े, खिड़कियाँ
भारी लगती हैं / उन्हें छूने की इच्छा तो होती
पर साहस न करता,
दूर से ही उन्हें देखता,
राक्षस के मुँह लगते सारे दरवाज़े
वे मुझे निगल न लें।
जो भी थे मेरे अपने
हो गये वे औरों के अपने,
नहीं रहा मेरा अब उनसे कोई वास्ता।
उधर मुंडेरा के गोदाम में

जम रही है धूल की परतें
प्राण से प्रिय उन फ़ाइलों में।
और दफ़्तर के फाटक पर
मोटी मूँछों वाला
दुबला पतला अकड़ू चौकीदार
मुझसे मेरा परिचय पत्र माँगता है।
मेरा एकलौता बेटा
खड़ा है मेरे आगे महल बनकर
दण्डवत हूँ उसके पीछे /आउटहाउस बनकर।
कोई नहीं सह पाता इस बूढ़े का भार
स्वयं बूढ़ा ढो नहीं पाता अपना ही भार
उम्मीद तब भी नहीं छोड़ता
पोते को ज्ञानवर्धन कथा
नित्य मैं सुनाता।

सुभाष चन्द्र गांगुली

कालसी

हे सम्राट!
तुम्हारी लाट
साम्राज्य विस्तार के
प्रतीक के रूप में
सदियों खड़ी रहेगी,
याद दिलाती रहेगी
कलिंग नरसंहार की
तुम्हारी क्रूरता की,
फिर भी ध्वस्त नहीं करेगा
कोई भी
क्योंकि उससे नहीं आती बू
साम्प्रदायिकता की,
नहीं आती बू
वर्ग विशेष के प्रतिनिधित्व की,
और तुम
नायक भी तो न थे
कि तुम्हारा गुणगान किया जाए
या गाली दी जाए,
तुम तो
हताशा की चादर
ओढ़ कर
चले गए थे
बुद्ध की शरण में।

*देहरादून से आगे कालसी एक स्थान है जहाँ अशोक की लाट है।

खड़ी फ़स्ल

खड़ी फ़स्ल रो रही है
बिन जल मुरझा रही है,
प्रताड़ित वृद्ध पिता / बादल
सीने में उसके धड़कन
मुँह से केवल गर्जन,
किन्तु नहीं टपकता
आँखों से एक बूँद जल।
सभा हुई सभागृह में
नेतागण निश्चिन्त हुए
सूखे के ऐलान से।
पड़ोसी राज्य में भीषण जल
बाढ ग्रस्त प्रजा,
त्रस्त सभा हुई / सभा गृह में
नेतागण निश्चिन्त हुए
बाढ़ के ऐलान से।

सुभाष चन्द्र गांगुली

सारोवीवा

सारोवीवा!
तुम सिर्फ़ एक नाम नहीं
उपन्यासकार, नाट्यकार, पर्यायवरणविद् नहीं,
सज्जन, सुपुरुष, नेक इंसान थे
दलितों-पिछड़ों के मसीहा थे
मानवाधिकार का नाम है सारोवीवा।
प्रजातंत्र के हिमायती कहना
दरअसल होगा नाकाफी,
प्रजातंत्र के पर्याय हो तुम।
सारोवीवा!
तुम्हें विश्व के विशाल प्रजातंत्र भारत के
इस नागरिक का शतकोटी प्रणाम।
तुम्हारे हाथ की क़लम,
कलम नहीं, एक मज़बूत तलवार
प्रजातंत्र का सशक्त हथियार,
जिसने चूर किया तानाशाहों का अहंकार,
जिसने खोल दिया प्रजातंत्र का द्वार
और मिला तुम्हें 'सानफ्रांसिको गोल्डन पुरस्कार'

तुम्हारे क़लम ने दिया तानाशाहों को धिक्कार।
सारोवीवा!
तानाशाहों ने जहाँ कहीं
प्रजातंत्र की मौत चाही
प्रजातंत्र पहुँचा वहाँ देर सबेर।
तुम्हारी क़ुर्बानी नहीं जाएगी बेकार
प्रजातंत्र पहुँचेगा नाइजीरिया के घर घर
नाइजीरिया के तानाशाहों के नाम पर
लगे रहेंगे तुम्हारे और साथियों के
ख़ून के धब्बे हमेशा हमेशा।
तुम्हरा अस्तित्व तुम्हारे विचारों से हैं
तुम्हारे विचार जीवित रहेगा हमेशा-हमेशा।

गुणा और भाग

जब तुम जोड़ रहे थे
तब मैं घट रहा था।
जब तुम
गुणा कर रहे थे
तब मैं
अपना भाग देख रहा था।
जब तुम
गुणनफल के अंकों को
जोड़ रहे थे और
गुणा और जोड़
जोड़ और गुणा
दोहराते तिहराते
बेशुमार आँकड़ो के गोरखधंधे में
ख़ुद को तलाश रहे थे
तब मैं
तुम्हें देखकर
तरस खा रहा था और
तब तक मैं
धरती को
अपना क़र्ज़ चुकाकर
दश्मलव के आगे वाले शून्य से निकलकर
महाशून्य में विलीन हो चुका था।

मत छीनो बचपन हमसे

मत छीनो बचपन हमसे
हमें बच्चे रहने दो!
शान हैं हम घर आँगन चौबारे के
आन हैं हम दादा और दादी के
मुस्कान हैं हम बड़े-बूढों के
हम ही हैं फूल बाग़-बग़ीचों के
अरमान हैं हम माता पिता के
फ़रमान हम ही हैं ईश्वर के।
मत छीनो बचपन हमसे
हमें बच्चे रहने दो।
दुखती रग के मरहम हैं हम
डूबते जीवन के खेवैया हम
बूढ़े लाचारों की लाठी हैं हम
सुख दुःख हर पल भरते हमही दम
खेलने-कूदने पढ़ने-बढने दो हमें
दूर रहने दो श्रम से हमें।
मत छीनो बचपन हमसे
हमें बच्चे रहने दो।
हादसे से बचने भी दो हमें
फ़ुटपाथों को कर दो खाली
न खींचों हमें कुर्सी धरम के झगड़े में
न करवाओ नौकरी चाकरी रखवाली
हम उम्मीद हैं जन-जन के
हम ही भविष्य हैं भारत देश के
मत छीनो बचपन हमसे
हमें बच्चे रहने दो॥

काम

हवा का काम है
चलना
उसे क्या पता
किसके लिए,
उसे क्या पता
किसके लिए ख़ुशबू
और किसके लिए बदबू
कब कहाँ ढो ले जाती।
दरिया का काम है
बहना
उसे क्या पता
किधर-किधर से बहती है
उसे क्या पता
किसके लिए वह सुख
किसके लिए दु:ख
का कारण बन जाती है,
सूरज का काम है

ऊर्जा देना
उसे क्या पता
किसके लिए वह
देवता बन जाता है
और किसके लिए आग
उगलता है,
माटी का काम है
जीवन देना
उसे क्या पता
किसके लिए वह धात्री है
और किसके लिए वह स्वर्ग है
किसके लिए वह कब
नर्क बन जाती है,
कवि का काम है
सत्य के साथ रहना
उसे क्या पता
किसके लिए वह प्रिय
किसके लिए क्यों अप्रिय
कब बन जाता है।

सुभाष चन्द्र गांगुली

जहाँ गली गली में नेता

जहाँ गली गली में नेता
घर-घर अभिनेता,
भूले जहाँ लोग तिरंगा
लहराये झण्डा एक दो रंगा:
नुक्कड़-नुक्कड़ जहाँ हो गंदा
गंगाजल भी हो जाए गंदा :
ईश्वर अल्लाह में हो भेदभाव
धर्म जाति के नाम हो टकराव,
सरकारी माल जहाँ हो अपना
और रामराज हो महज़ एक सपना
वह महान देश है अपना ।

वह प्यारा देश है अपना
जहाँ मेरा तेरा, तेरा मेरा
घर आँगन करे बँटवारा :
जहाँ कालाधन हो सबका प्यारा
जहाँ जनतंत्र गणतंत्र मनतंत्र
में छिपा हुआ हो षड़यंत्र :
और बूढ़ा हो रहा हो प्रजातंत्र
जहाँ राजनीति हो सबसे बड़ा यंत्र :
वह प्राण प्रिय देश है अपना
सबका प्यारा सबसे न्यारा
वह महान देश है अपना ॥

कविताएँ ख़त्म नहीं होतीं

मेरी कविताएँ
शीशों की अलमारियों में
क़ैद हो गयीं, और
कालान्तर में उनमें धूल की परतें जम गई
दीमक लग गई, पर
फ़र्क़ क्या पड़ता मुझे
मेरी कविताओं की ग़फ़लियत से,
आख़िर उन्हीं संग्रहों के सहारे
अपना क़द ऊँचा किया मैंने।
भले ही मेरी भावनाओं को
दीमक ने ठेस पहुँचाई हैं
पर मुझे यक़ीन है
आज से सौ साल बाद
कोई न कोई काव्य प्रेमी
उन्हीं धूल भरी, दीमक लगी
कविताओं को
उत्सुकता से पड़ेगा
और चीख़ कर कहेगा
कवि तुम अमर हो
अमर रहोगे।

ऊफान

सुप्त अवस्था में समुन्दर को
देखा नहीं
कभी किसी ने
तरंगित उफ़ान को
अतरंगित होते हुए
धरती की छाती में
सुप्त अवस्था में
जाते हुए --
देखा कहीं-कहीं
किसी-किसी ने।

नानी

वो जो मेरी नानी है
उसकी अजब कहानी है
बेर-बेर खाती थी वो
एक बेर खाती है।
गद्दे में सोती थी वो
चटाई बिछाए सोती है
कूलर चलाए सोती थी वो
ख़ुद ही पंखा झलती है।
सबको प्यार बाँटती थी वो
सबसे प्यार चाहती है
वो जो मेरी नानी है
उसकी अजब कहानी है।
बच्चों को डाँटती थी वो
बच्चों से डाँट सुनती है
झूठ से नफ़रत करती थी वो
झूठ से ही जान बचाती है।
जप तप से दूर रहती थी वो
दिनभर माला जपती है
छुआछूत नहीं मानती थी वो
छू लेने पर चिढ़ती है।
वो जो मेरी नानी है
उसकी अजब कहानी है।

सुभाष चन्द्र गांगुली

वहीं का वहीं

मनोहर साहू गुज़र गए
बेटा हरिहर मालिक बन गए।
तिलपट्टी दलपट्टी मूँगफली पट्टी वहीं
बन गए अब चिकी पर है सब वही।
कालू मोची बूढ़े हो गये
जूनियर लालू वहीं बैठ गए।
दूध में पानी पिताजी टोका करते
धंधे की कसम केवल खा लेते;
पचास साल का बेटा मैं अब टोकता
केवल का बेटा धंधे की ही क़सम खाता।
कामवाली को मम्मी अक्सर डाँटती
देर व नागा फिर भी वह करती;
कामवाली आज भी नागा करती
मेरी पत्नी आये दिन उसे डाँटती।
भिखारियों को वे डाँट भगाते
उनके बच्चे अब कहते आगे बढ़ो
बाबू सस्पेंड होते दस रुपये के लिए
बाबू सस्पेंड हुए अभी दस हज़ार के लिए।
मंत्री धन बटोरता था चुपके-चुपके
मंत्री धन बटोरता अब बेशर्मी से।
दहेज वाली सायकिल पिता चलाते
दफ़्तर जाते देर जल्द घर लौटते;

दहेज वाली मोटरसाइकिल बेटा चलाता
जल्दी घर लौट कर टहलने जाता।
पड़ोसी जोरों से 'बिनाका' सुनता
पढ़ाई छोड मैं कान लगाता;
पड़ोसी अब जोरो से स्टीरियो बजाता
पढ़ाई छोड़ बेटा मेरा डान्स करता।
सत्ता का जंग पर चढ़ा और रंग
पक्ष विपक्ष चलते हैं सब संग-संग।
चुनावी मुद्दे सारे वहीं के वहीं
जनता की उम्मीदें भी वहीं के वहीं;
कहते हैं लोग ज़माना बदल गया
कहता है कवि सब वहीं तो रह गया ॥

सुभाष चन्द्र गांगुली

ऐ लड़की सुन!

ऐ लड़की सुन !
अब तू बड़ी हो गई है
मेरी बातें ज़रा ध्यान से सुन।
तुझे जो शिक्षा दी गई है
उसे तू भूल जा :
वह सब मर्दों ने अपने हित में लिखा है।
पुरुष प्रधान समाज को तुझे बदलना है :
तुझे वीरांगना बनना है
उसी में तेरी भलाई है
तेरे नस्ल की भलाई है।

सुन !
तू गांधारी जैसी
आँखों पर पट्टी मत बाँधना
पति और परिवार के लिए
हमेशा आँखें खोल कर रखना
और अपनी संतान को दुर्योधन
न बनने देना।

सुन !
तू सीता जैसी
अग्निकुण्ड में मत उतर जाना :
उस अंधेर नगरी की प्रजा से पूछना
जो नर पिशाच नारी की लाज उतारता
क्यों नहीं होती उसकी अग्निपरीक्षा ? ?

सुन !
तू द्रौपदी जैसी पाँच-पाँच को
पति न मान लेना, और हाँ
दुर्योधन के पिता के लिए अपशब्द
मत बोलना ।
मेरी बूढ़ी आँखें जो कुछ देख चुकी हैं
वही ज़ुबाँ पर निर्भिकता से
आ रही है ।

और सुन !
तू अगर अपने पैरों पर
खड़ा होना चाहती है
तो दो-चार रुपये ज़रूर कमाना
याद रख :
अर्थ अनर्थ को अर्थ में
तब्दील कर सकता है
अर्थ अर्थों को शब्दों से अक्षर

सुभाष चन्द्र गांगुली

बना सकता है :
तुझे तेरी एहमीयत का एहसास
करा सकती है।

सुन !
तूने ही महिषासुर का वध किया था
तूने ही नरमुण्ड माला पहनी थी
तूने ही लुटेरे अंग्रेजों को ललकारा था
तेरी ही ख़ातिर ट्राय का जहाज़ डूबा था
तेरी ही ख़ातिर जाने कितनी लड़ाइयाँ
लड़ी गयी थीं।

सुन !
तू ठान ले तो
स्वाभिमान से जी सकती है।

भारत माँ की गोद में

न जाने क्या कुछ करने का
अक्सर मन में ख़याल आया था,
बड़े-बड़े काम बहुत सारे
करने को सोचा था,
धरती की माटी पर अपना नाम
लिख जाने को सोचा था,
न जाने क्यो कहाँ
सोच मेरा डूब कर रह गया था
भीड़ ही में कहीं
खुली हवा मैं तलाश रहा था,
छोटी सी दुनिया में ही
सिमट कर रह गया था,
अभिलाषाएँ थी जो मन में
फँसी रही बस तन में,
दो और दो जोड़ते-जोड़ते
बीत गए दिन दम तोड़ते तोड़ते।

सुभाष चन्द्र गांगुली

(2)

कल तक छोटी लगने वाली दुनिया
आज लगने लगी अचानक बड़ी,
बादल अभी घिरे नहीं
बिन बादल बरसात स्पष्ट देख रहा हूँ,
घड़ी-घड़ी मैं देखता घड़ी
थोड़ी ही दूर है नाव खड़ी
कविता बनकर नाच रही ज़िन्दगी
हर मोड़ पर कविता देख रहा हूँ,
ख़त्म हो रहा है सफर
अलविदा बोलने वाला हूँ,
क्षितिज पार करते करते
भारत माँ की गोद में
ख़ुद को ही देख रहा हूँ मैं।

भुक्खे तूई काँदिसना

नन्हा सा एक लड़का
नन्ही सी एक लड़की
थामे गाड़ी की खिड़की
सुर में दोनों रोते रहे
भूख-भूख रटते रहे।

भाई उसे तसल्ली देता
"भुख्खे तुई कांदिस ना
बाबू दिबे आठ आना"
भूख से तू मत रोना
बाबू देंगे आठ आना।

सामने दीवार पर मेरी नजर पड़ी
"भीख माँगना पाप है
भीख देना बढ़ावा है"
दो-दो केले मेंने दिए
गपागप वे खा गए।

मेरे बगल वाले ने डाट भगाया,
बोले, "ये आपकी जाति की नहीं
बिना गिने साले पैदा करते
काम न धाम बस भीख माँगते
जाए साले अपने धरम वालों के पास।

अचानक गाड़ी हिचकोले खाने लगी
डरे सहमे ईश्वर अल्लाह करते रहें
एक ही सुर थे सभी जाति धरम के;
मिल बाँट जानवर खाते
अपनो का ग्रास हम छीनते ॥